Nadroedd
ac
Ysgolion

MICHAEL MORPURGO

Lluniau gan Shahar Kober
Addasiad gan Elin Meek

DREF WEN

Cyhoeddwyd 2013 gan Wasg y Dref Wen,
28 Ffordd yr Eglwys, Yr Eglwys Newydd,
Caerdydd CF14 2EA, ffôn 029 20617860.
Cyhoeddwyd y fersiwn yma gyntaf yn y Deyrnas Unedig yn 2012
gan Egmont Children's Books Limited,
239 Kensington High Street, Llundain W8 6SA dan y teitl *Snakes and Ladders*
Testun © Michael Morpurgo 1987
Lluniau © Shahar Kober 2012
Y mae'r awdur a'r arlunydd wedi datgan eu hawl foesol.
Y fersiwn Gymraeg © 2013 Dref Wen Cyf.
Mae'r cyhoeddwr yn cydnabod
cefnogaeth ariannol Cyngor Llyfrau Cymru.

Cynnwys

Bananas Coch

Pennod Un

Mae pysgodyn aur neu grwban neu fochdew gan rai pobl. Neidr oedd gan dad-cu Wena, a'i henw oedd Gwingo. Roedd hi'n ddu ac yn aur ac roedd ganddi lygaid bach, bach a thafod fforchog oedd yn symud o hyd.

Roedd Gwingo yn byw mewn tanc gwydr ar ben y droriau yn ystafell wely Tad-cu. A dyna'n union, meddai mam Wena, lle roedd rhaid iddi aros.

Os oedd Wena eisiau chwarae gyda Gwingo, roedd rhaid iddi aros yn ystafell wely Tad-cu a CHAU'R DRWS.

Roedd Wena yn fach ac yn denau ac yn dawel. Doedd hi ddim yn hoffi chwaraeon, felly roedd pawb yn ei galw hi'n 'Wena wan' yn yr ysgol. Roedd pob stori drist yn gwneud iddi grio. Hefyd, roedd Alun Bowen yn tynnu ei choes am fod yn dlawd ac am nad oedd dim tad ganddi. Felly roedd pawb yn ei galw hi'n 'Wena wylo'. Roedd hi'n

casáu'r ysgol, ond yn casáu Alun Bowen yn fwy na dim.

Pan ddaeth hi adre o'r ysgol roedd ei mam yn gweithio fel arfer. Roedd Tad-cu allan yn yr ardd o hyd. Eisteddodd hi ar y gwely yn ystafell Tad-cu a dweud wrth Gwingo am Alun Bowen yn bod yn gas y diwrnod hwnnw. 'A dy'n ni ddim yn dlawd beth bynnag,' meddai wedyn. 'Ac mae gen i dad. Dyw e ddim yn byw gyda ni nawr, dyna i gyd.'

Symudodd Gwingo ei thafod i ofyn am de. Roedd hi'n cael llygoden i de bob amser, un wedi marw, wrth gwrs.

Ar ôl i Gwingo fwyta, lapiodd Wena hi am ei gwddf fel sgarff a rhwbio rhwng ei llygaid fel roedd hi'n ei hoffi. Canodd ei hoff gân iddi, y gerddoriaeth ar ddechrau *Pobol y Cwm*.

Daeth Tad-cu i mewn o'r ardd. Roedd e'n dwlu ar ei ardd, yn enwedig ei lysiau. Roedd y parc y tu ôl i'r ardd, felly roedd e'n gallu pwyso ar ei fforch a gwylio'r pêl-droed hefyd. Roedd e'n hoffi pêl-droed bron cymaint â'r ardd.

'Bydd y flodfresychen 'na'n berffaith,' meddai, gan sychu ei ddwylo ar dywel. Erbyn i mi ddod 'nôl, bydd hi'n iawn.

Cawn ni ei bwyta hi i ginio Nadolig.'

'Pam, ble rwyt ti'n mynd?'
gofynnodd Wena.

'I'r ysbyty,' meddai, a
rhoi ei law ar ei ochr. 'Clun
newydd. Does dim i boeni amdano. Mae'r
hen un wedi treulio.'

Pennod Dau

Y diwrnod wedyn aethon nhw â Tad-cu
i'r ysbyty ar y ffordd i'r ysgol. Roedd mam
Wena'n dawel ac yn poeni. Ceisiodd Tad-
cu godi ei chalon, ond doedd dim yn tycio.
Trodd e at Wena.

'Nawr 'te, fy merch fach i, wnei di ofalu

am Gwingo? Ei bwydo hi fel arfer, un llygoden i frecwast, un i de. A chadw lygad ar y flodfresychen. Os bydd sôn am rew, rho rywbeth drosti.'

Stopiodd y car.

'Does dim eisiau i chi ddod hefyd,' meddai, ac i ffwrdd ag e.

Ddywedodd mam Wena ddim gair yr holl ffordd i'r ysgol. Alun Bowen oedd y person cyntaf welodd Wena yn yr ysgol. Roedd yn rhuo o gwmpas y buarth yn chwyrlïo'i fag uwch ei ben. Tynnodd Wena anadl ddofn a cherdded i mewn i'r ysgol a gobeithio na fyddai'n sylwi arni.

'Nawr 'te, blant,' meddai Mrs Parri. 'Dwi wedi

cael syniad. A ble dwi'n cael fy syniadau gorau?'

'Yn y bath,' meddai pawb.

'Cywir,' chwarddodd hi. 'Wel, ro'n i yn y bath neithiwr ac ro'n i'n meddwl tybed beth ddylen ni ei wneud ar gyfer y Noson Rieni. Blwyddyn Tri sy'n gwneud y ddrama Nadolig eleni. Mae Blwyddyn Pedwar yn coginio'r mins-peis ac mae Blwyddyn Pump yn addurno'r neuadd. Beth wnawn ni? Wrth gwrs, meddyliais, bydd Blwyddyn Chwech

yn rhoi arddangosfa o "Bethau Diddorol" yn
y neuadd. Felly bydd rhywbeth diddorol gan
bobl i edrych arno wrth fwyta eu mins-peis.
Wel, beth yw eich barn chi?'

Dyma Alun Bowen yn esgus edrych yn
ddiflas ond chymerodd Mrs Parri ddim sylw.

'Wel, beth am i bawb ddod â rhywbeth
diddorol iawn i'r ysgol, rhywbeth o'r
gorffennol efallai, rhywbeth o wlad bell,
rhywbeth rhyfeddol, rhywbeth arbennig?'

Roedd Mrs Parri yn siarad o hyd, ond roedd

Wena'n ei hoffi achos roedd hi'n chwerthin yn aml.

'Nawr, oes unrhyw un yn gallu meddwl am rywbeth arall yr hoffen nhw ddod i'r ysgol?' gofynnodd Mrs Parri. 'Sara, beth amdanat ti?'

Dywedodd Sara fod ganddi stôl â thair coes. Roedd telesgop gan Mari a dywedodd Dyfed y byddai'n dod â chynffon cadno.

'A beth amdanat ti, Wena?' gofynnodd.

Dim ond un peth roedd Wena'n gallu meddwl amdano.

'Mae hen helmed o'r rhyfel gyda ni, Miss,' meddai. 'Un Tad-cu yw hi. Roedd e'n ei gwisgo hi yn y rhyfel. Ond mae hi'n rhydlyd, braidd.'

'Fel dy dad-cu di,' meddai Alun Bowen a chwarddodd pawb. Teimlodd Wena'r dagrau'n dod.

'Bydd helmed yn wych, Wena,' meddai Mrs Parri yn gyflym. Yna trodd at Alun. 'Ac Alun Bowen, mae dy ben di fel bwced.'

15

Nawr roedd pawb yn chwerthin am ben Alun, ac yn sydyn teimlodd Wena'n llawer gwell. Ond ar ôl y wers, sylwodd hi fod Alun Bowen yn edrych arni drwy'r amser. Roedd gwên gas iawn ar ei wyneb.

Pennod Tri

Cafodd Tad-cu'r llawdriniaeth y diwrnod wedyn. Ffoniodd mam Wena'r ysbyty gyda'r nos i weld sut roedd e. Roedd e'n iawn, medden nhw, braidd yn gysglyd o hyd, ond roedd yn gwella. Aethon nhw i ymweld y noson wedyn. Doedd e ddim yn edrych yn iach iawn i Wena.

Roedd yn denau a gwelw, ag un tiwb yn ei fraich a'r llall i fyny ei drwyn. Ond roedd e'n edrych yn ddigon hapus.

'Mae popeth yn iawn,' meddai. 'Dwi fel newydd. Bydda i'n chwarae pêl-droed erbyn y penwythnos. Sut mae Gwingo? Dwyt ti ddim wedi dod â hi i 'ngweld i?'

Chwarddodd pawb ar hynny. Roedd
Wena'n hoffi gweld ei mam yn chwerthin.
Doedd hi ddim yn chwerthin llawer ers i Dad
fynd a'u gadael nhw.

Cofiodd Wena ofyn i Tad-cu am fenthyg ei
helmed ryfel.

'Wrth gwrs,' meddai, 'dim ond i ti ofalu am
Gwingo a'r flodfresychen, fel dywedais i.'

'Dwi'n addo,' meddai Wena.

Y noson honno soniodd hi wrth Gwingo am Tad-cu a'r tiwbiau. Rhoddodd Wena y llygoden iddi a chanu'r gân a'i lapio am ei gwddf. Rhwbiodd Wena hi rhwng ei llygaid a sôn am y pethau diddorol roedd y plant eraill am fynd â nhw i'r ysgol, fel eliffant pren Bindi ac esgidiau clocsio Tegid.

'Ond,' meddai, 'does gan neb helmed fel un Tad-cu. Dwi'n mynd i'w glanhau hi a mynd â hi i'r ysgol yfory. Hi fydd y peth gorau yno, cei di weld.'

Erbyn i Wena gyrraedd yr ysgol yn y bore, a'r helmed yn ei bag, roedd criw mawr yn yr ystafell gotiau. Roedd Alun Bowen yno. Safodd ar y fainc a gwenu ar Wena wrth iddi ddod i mewn. Ond nid gwên go iawn oedd

hi. Yna plygodd i lawr. Pan gododd Alun eto, roedd helmed ar ei ben. Ond nid hen helmed rydlyd oedd hi, ond helmed felen lachar dyn tân.

'Wel, Wena, beth wyt ti'n feddwl?' gofynnodd. 'Mae Dad yn eu casglu nhw. Mae pedair arall gartre. Ond wedyn, does dim tad gan rai ohonon ni, oes e?'

Trodd hi at y wal a thynnu ei chot cyn i bawb weld ei bod hi'n crio.

Dywedodd Wena yr hanes wrth Gwingo y noson honno ar ôl bod yn gweld Tad-cu yn yr ysbyty.

'Daeth Alun Bowen â'r helmed i'r ysgol yn fwriadol,' meddai hi'n ffyrnig. 'Gallwn i ei ladd, Gwingo, wir i ti. Byddai hen helmed rydlyd Tad-cu wedi edrych yn ofnadwy. Cafodd honno aros yn y bag. Ddangosais i ddim i neb. Dywedais wrth Mrs Parri 'mod i wedi newid fy meddwl. Ond dyw hi ddim yn dwp. Dywedais y byddwn yn dod â rhywbeth arall yfory, ond does dim byd arall gen i, oes e?'

Wrth iddi siarad, roedd Gwingo yn edrych i fyw ei llygaid. Roedd Gwingo yn ceisio dweud rhywbeth wrth Wena.

'Beth amdana' i?' roedd hi'n dweud. 'Beth

am fynd â fi?'

Syniad dwl, meddyliodd Wena. A hurt. Yna meddyliodd eto. Nac oedd. Roedd yn syniad da. Y syniad gorau yn y byd! Chwarddodd Wena, cusanu Gwingo ar ei thrwyn a phenderfynu. Byddai hi'n aros tan fore'r Noson Rieni ac yna'n mynd â Gwingo gyda hi i'r ysgol.

Pennod Pedwar

Erbyn i'r diwrnod mawr gyrraedd, roedd
Wena wedi meddwl am bopeth. Rhoddodd
frecwast i Gwingo. Yna cafodd hi ei
brecwast. Cododd ei bocs bwyd coch o'r
gegin fel arfer. Ar ôl mynd i ystafell
Tad-cu, rhoddodd ei bocs bwyd
yn ei bag a rhoi Gwingo o'i
amgylch yn ofalus.

'Paid â symud,'
sibrydodd, wrth gau ei
bag.

Yr holl ffordd i'r

ysgol, roedd hi'n cydio'n dynn yn ei bag yng nghefn y car. Roedd ei mam yn siarad â hi dros ei hysgwydd.

'Mae Tad-cu'n dod adre heno,' meddai. 'Gall e ddod i'r Noson Rieni os yw e'n ddigon da. Roddaist ti fwyd i'r hen neidr ofnadwy 'na'r bore 'ma?'

Diolch byth, meddyliodd Wena, nad

oedd nadroedd yn cyfarth nac yn brefu na gwichian.

'Roedd dy dad yn casáu nadroedd hefyd, a chorynod. A beth sy gyda ni nawr? Neidr yn yr ystafell wely a chorynnod yn yr ystafell ymolchi. Does dim rhyfedd iddo fe fynd a'n gadael ni! Ond rydyn ni'n iawn, on'd ydyn ni, cariad?'

'Wrth gwrs, Mam,' meddai Wena, a gwenodd y ddwy ar ei gilydd yn nrych y car. Stopion nhw'r tu allan i gatiau'r ysgol.

Gadawodd Wena ei bag gyda'i chot yn

26

yr ystafell gotiau. Byddai'n ddigon saff tan
ar ôl y Gwasanaeth. Canu carolau Nadolig
wnaethon nhw drwy'r Gwasanaeth. Yna,
dywedodd Mrs Puw, y Pennaeth, wrth bawb
am fynd i edrych ar arddangosfa wych
Blwyddyn 6. Roedd pwmpen a helmed dyn
tân yno, meddai. A byddai sawl syrpréis arall.
Byddai, wir, meddyliodd Wena, byddai, wir.

Cododd Alun Bowen ei fawd at ei drwyn
arni o ochr draw'r neuadd.

'Aros di, Alun Bowen,' meddai hi'n dawel.

'Aros di.'

Yn syth ar ôl y gwasanaeth, rhedodd hi'n ôl i'r ystafell gotiau. Roedd hi'n gwybod yn syth fod rhywbeth yn bod. Roedd y bag yn ysgafn, yn llawer rhy ysgafn. Edrychodd y tu mewn. Roedd Gwingo wedi mynd, ond nid y cyfan ohoni. Roedd hi wedi gadael ei chroen ar ôl.

Chwiliodd Wena ym mhobman, o dan y meinciau, yn y toiledau, ym mhobman.

'Wena, dwi wedi bod yn chwilio amdanat ti.'

Mrs Parri oedd yno. Wrth iddyn nhw gerdded gyda'i gilydd ar hyd y coridor,

28

gofynnodd:

'Ddest ti â rhywbeth i'r arddangosfa, fel dywedaist ti?'

'Do, Miss,' meddai Wena, gan edrych o'i

chwmpas o hyd. Doedd Gwingo ddim wedi mynd yn bell. Allai hi ddim.

Roedd Wena wrth ei bwrdd, yn dal i gydio yn ei bag, pan gurodd Mrs Parri ei dwylo.

'Nawr 'te, blant,' meddai. 'Mae gan Wena rywbeth i'w ddangos i ni, on'd oes, Wena?'

Trodd pob un ei ben. Roedd pob llygad yn edrych arni. Roedd rhaid iddi ddewis rhwng y bocs bwyd coch a'r croen neidr. Cododd groen Gwingo a'i ddal rhwng ei bawd a'i bys. Roedd Alun Bowen yn chwerthin yn groch, a

phawb arall, heblaw am Mrs Parri.

'Wel, dyna wych,' meddai hi. 'Croen neidr, croen neidr go iawn.'

Tawelodd y chwerthin.

'Dyna'r peth mwyaf rhyfeddol eto. A wyddoch chi pam? Wel, mae'n rhyfeddod o fyd natur. Ble yn y byd cest ti'r croen, Wena?'

Cododd hi ei hysgwyddau.

'Dod o hyd iddo fe wnes i,' atebodd. Roedd hi'n hoffi Mrs Parri hyd yn oed yn fwy. Doedd hi ddim yn poeni am Gwingo nawr.

Byddai hi'n dod o hyd iddi hi amser chwarae. Cysgu roedd hi, siŵr o fod.

Roedd Mrs Parri'n sôn am sut roedd neidr yn colli ei chroen fel mae cranc yn colli ei gragen, pan ganodd y larwm tân. Ysgydwodd Mrs Parri ei phen.

'Ymarfer tân,' ochneidiodd. 'Mae pawb yn gwybod beth i'w wneud.'

Safodd pawb y tu ôl i'w gilydd yn y coridor a cherdded allan i'r buarth oer. Roedd pob dosbarth mewn rhes yn disgwyl cael ei gyfrif.

Roedd yr athrawon i gyd o gwmpas Mrs
Puw oedd yn sibrwd yn ddigon uchel i Wena
ddeall popeth, bron.

'… ydw, dwi'n hollol siŵr … yn yr ystafell
gotiau … ond gallai hi fod yn unrhyw le
erbyn hyn … gallai hi fod yn wenwynig. Dwi
wedi ffonio'r heddlu … Nawr, dwi eisiau i chi
gyfri'r plant yn ofalus a dwi eisiau i bob drws
gael ei gloi … wedyn fydd neb yn gallu dod

i mewn a fydd y neidr ddim yn gallu mynd allan …'

Rhedodd yr athrawon i bob cyfeiriad, heblaw am Mrs Parri oedd yn sibrwd wrth Mrs Puw. Nawr roedd y ddwy'n edrych ar Wena, ac yn dod yn syth tuag ati.

'Wena, cariad,' meddai Mrs Parri. 'Y croen neidr 'na ddest ti gyda ti i'r ysgol y bore 'ma. Dod o hyd iddo fe wnest ti?'

'Ie, Miss.'

'Ond ble welaist ti fe, Wena?'

'Wrth y clawdd,' meddai Wena, gan feddwl yn gyflym. 'Draw fan 'na.'

Ond roedd Mrs Puw yn poeni, yn poeni'n fawr.

'Wena,' meddai, 'wnest ti ddim cyffwrdd â'r neidr, wnest ti?'

'Naddo, Miss,' meddai. Mae dweud celwydd yn hawdd, meddyliodd Wena, pan

mae'n rhaid. 'Welais i mo'r
neidr, Miss. Dim ond y croen.
Wir.'

Roedd Mrs Puw'n edrych yn falch o
glywed hyn.

Nawr siaradodd hi â phawb.

'Blant, mae'n rhaid i ni aros fan hyn
am funud neu ddwy eto. Does dim i boeni
amdano, dim o gwbl. Nawr, beth am ganu
carol fach i gadw'n gynnes?'

Roedden nhw hanner ffordd
drwy 'I orwedd mewn preseb', pan
stopiodd rhai o'r Babanod ganu a dechrau
pwyntio i fyny at y goeden fawr wrth wal
y buarth. Roedd rhywbeth yn symud yn
y canghennau, rhywbeth du ac aur yn
gwingo.

Sgrechiodd rhywun. Yna roedd pawb yn gweiddi ac yn sgrechian ac yn rhedeg. Rhedodd pawb i ffwrdd o'r goeden, draw at y clawdd. Rhuthrodd yr athrawon draw atyn nhw. Dim ond Wena arhosodd lle roedd hi. Roedd hi wedi dod o hyd i Gwingo, a doedd hi ddim yn mynd i'w gadael hi. Roedd hi'n clywed seiren yr heddlu nawr, ond cadwodd ei llygad ar Gwingo drwy'r amser.

Pennod Pump

Daeth dau gar heddlu gyntaf, ac injan dân wedyn. Roedden nhw'n fflachio a swnian wrth yrru'n syth drwy giatiau'r ysgol ac i'r buarth. Neidiodd yr heddlu a'r dynion tân allan.

Clywodd Wena Mrs Puw yn esbonio popeth i swyddog yr heddlu. Nodiodd e a mwmian i'w radio. Ond doedd Wena ddim yn gallu ei glywed. Roedd e'n edrych i fyny ar Gwingo, gan godi ei law rhag yr haul.

'Dwi ddim yn hoffi ei golwg hi,' meddai. 'Du ac aur. Gallai hi fod yn wenwynig. Dwi ddim eisiau rhoi neb mewn perygl, Mrs Puw. Gwell i chi fynd â'r plant 'nôl i mewn i'r ysgol. Efallai fydd yn rhaid ei saethu hi.'

38

'Na!' gwaeddodd Wena. 'Na!'

A chyn i neb allu ei rhwystro, roedd Wena wedi dringo wal y buarth ac yn rhedeg nerth ei thraed tuag at y goeden.

Cydiodd mewn cangen, neidio i fyny a dechrau dringo.

Roedd pawb yn gweiddi arni i ddod i lawr, ond daliodd ati i ddringo.

Wrth iddi ddringo, roedd mwy o ganghennau,
ac roedd hi'n haws tan iddi edrych i lawr.
Roedd pawb mor fach. Dim ond tegan oedd
yr injan dân.

Yna gwelodd hi un o'r heddlu gyda dryll.
Roedd e'n anelu at frig y goeden.

'Peidiwch â saethu!' sgrechiodd Wena.
'Peidiwch â saethu!' A dringodd hi eto.

Pan gyrhaeddodd hi Gwingo o'r diwedd,
roedd hi wedi cyrlio am y gangen uchaf ac yn
gwrthod gollwng gafael.

'Fydd neb yn cael dy frifo di,' meddai
Wena, gan rwbio Gwingo rhwng ei llygaid.
'Wir, nawr.'

A dyma hi'n hymian ei hoff gân wrth

dynnu Gwingo oddi ar y gangen a'i lapio am ei gwddf. Yna chwythodd y gwynt gan siglo'r goeden, ac yn sydyn, teimlodd Wena yn sâl gan ofn. Cydiodd yn y gangen a cheisio peidio ag edrych i lawr. Ond edrych wnaeth hi. Roedd ysgol yn erbyn y goeden, a dyn tân yn dringo i fyny tuag ati.

'Paid â symud,' galwodd arni. 'Dwi'n dod, dwi'n dod.' Roedd ei wyneb yn welw o dan ei helmed felen. Roedd y dyn tân yn dal i siarad wrth ddringo oddi ar yr ysgol ac i mewn i'r goeden.

'Beth yw dy enw di, 'te?'

'Wena.' Roedd e'n dod yn nes o hyd. 'Arwyn ydw i, Arwyn Bowen. Mae Alun, y mab, yn yr ysgol. Wyt ti'n ei nabod e?'

'Ydw,' meddai Wena. 'Dwi'n ei nabod e.'

'Un drwg yw e, yntê?' meddai wedyn, a'i lais yn dawel. 'Ond, dyw hynny ddim yn syndod, wir. Mae angen mam ar bob bachgen.'

'Does dim un ganddo fe, 'te?' gofynnodd
Wena.

'Aeth hi a'n gadael ni,' atebodd.

'Aeth Dad a'n gadael ni hefyd,' meddai
Wena, gan rwbio pen Gwingo rhwng ei
llygaid. Roedd y dyn tân ar yr un gangen
nawr ac yn dod yn araf tuag ati. Roedd
Gwingo'n goglais clust Wena â'i thafod.
'Mae hi'n llwglyd,' meddai hi. 'Mae hi eisiau
llygoden, dwi'n meddwl.'

Edrychodd y dyn tân yn ddryslyd.

'Rwyt ti'n adnabod y neidr 'na, on'd wyt ti?' meddai.

'Wrth gwrs,' meddai Wena. 'Gwingo yw ei henw hi. Neidr Tad-cu yw hi.'

'Felly, dyw hi ddim yn wenwynig?'

'Nac ydy.'

'A dyw hi ddim yn dy dagu di?'

'Nac ydy,' meddai Wena. 'Cewch chi rwbio ei phen hi os 'dych chi eisiau.'

'Dim diolch.' Gwenodd y dyn tân. 'Dim ond eich cario chi i lawr wnaf i, dwi'n meddwl. Wyt ti'n gallu dod i lawr yr ysgol?'

Ysgydwodd Wena ei phen. 'Mae fy nghoesau i wedi dechrau crynu a dwi'n teimlo'n sâl.'

'Dros fy ysgwydd i, 'te,' meddai.

Caeodd Wena ei llygaid yr holl ffordd i lawr. 'Wyt ti'n siŵr fod dy neidr di'n gyfeillgar?'

gofynnodd y dyn tân. 'Mae'n edrych yn
rhyfedd arna i.'

'Yn hollol siŵr,' meddai Wena, a chau ei
llygaid yn dynnach eto.

Yna roedd ei thraed ar y ddaear ac roedd
breichiau eraill amdani. Agorodd Wena ei
llygaid. Roedd pawb yn gweiddi hwrê. Roedd
Mrs Puw'n crio ac roedd Mrs Parri'n crio.
Roedd pawb yn crio ac yn chwerthin ar yr
un pryd, a dechreuodd coesau Wena stopio
crynu.

Pennod Chwech

Roedd Tad-cu'n ddigon da i ddod mewn cadair olwyn i'r Noson Rieni. Doedd e ddim yn gas am Gwingo o gwbl. Dywedodd Wena'r hanes wrtho, a dim ond chwerthin wnaeth e. Gwthiodd mam Wena'r gadair olwyn o gwmpas yr ysgol. Gwenai'n falch wrth i bawb sôn am Wena a sut roedd hi wedi bod mor ddewr.

Gwingo oedd seren y sioe. Roedd hi'n gorwedd yn y tanc a'r croen wrth ei hochr, gan symud ei thafod yn hapus.

46

Ar ôl ychydig, crwydrodd Wena ar ei phen ei hun. Roedd hi'n hoffi cael pawb yn ei hoffi hi. Roedd hi'n mwynhau cael pobl yn sylwi arni. Roedd bod yn enwog wedi bod yn hwyl, ond roedd hi wedi cael digon yn barod. Eisteddodd yng nghornel y neuadd a bwyta mins-pei.

'Wena?'

Edrychodd Wena i fyny. Alun Bowen oedd yno.

'Mae gen i rywbeth,' meddai. Anrheg Nadolig oedd hi.

'I mi?' gofynnodd Wena. Nodiodd Alun.

Cymerodd hi'r anrheg a thynnu'r papur lapio. Gêm o Nadroedd ac Ysgolion oedd hi.

'Anrheg oddi wrth Dad yw honna,' meddai'n dawel. 'Ac mae hwn oddi wrtha i.'

Rhoddodd Alun gerdyn Nadolig iddi. Agorodd Wena hi. Roedd e wedi ysgrifennu:

'Sori am fod yn gas. Nadolig Llawen. Cariad oddi wrth Alun Bowen.'

Pan edrychodd Wena i fyny, roedd e wedi mynd.

Roedd Tad-cu'n iawn erbyn y Nadolig. Cawson nhw'r flodfresychen gyda'r cyw iâr i ginio Nadolig. Yna buon nhw'n chwarae Nadroedd ac Ysgolion drwy'r prynhawn gyda Gwingo am wddf Wena. A dyna'r Nadolig gorau gafodd Wena erioed.